La Seule Façon de te parler

La vie au collège revue et rêvée par la littérature

Elisabeth Brami invite des écrivains à donner,
à la première personne, la parole et une voix intime
à des personnages de collégiens.

Loi n° 49-956 du 16 juillet 1949 sur les publications destinées à la jeunesse,
modifiée par la loi n° 2011-525 du 17 mai 2011
ISBN : 978-2-09-255664-1
Dépôt légal : juillet 2015

La Seule Façon de te parler

Cathy Ytak

Nathan

À Éric, pour l'amour en partage

La main de l'autre emmêlée dans la nôtre
Le bleu du ciel plus bleu que celui des autres

Pierre Lapointe

Un jour la vie sera comme une main ouverte
Et le soir tombera très doux sur une épaule.

Jean Vasca

1

6 h 10. Le réveil sonne. J'ai mal au ventre.

Pour le petit déjeuner, ma mère a tout essayé. Sucré, salé, sucré-salé. Ça ne change rien : c'est bloqué au niveau des mâchoires, bloqué au niveau de l'estomac. « Mais pas question que ma fille Nine quitte la maison sans avoir pris quelque chose de chaud », comme elle dit toujours.

Mal au ventre plein, top chrono pour le collège. Montée jusqu'à la mairie, attendre le car de ramassage. Déjà la moitié des calories de brûlées, et toujours rien de changé.

Le ramassage… c'est le même mot que pour les poubelles. La différence, c'est qu'on s'y balance nous-mêmes. Le car est une fusée qui n'aurait jamais pris de hauteur, un éclat de lumière sur le sombre de la route. Je cligne des yeux. On le voit arriver de loin, haleter dans la courbe. Je rêve toujours qu'il tombe en panne, pour de bon.

Si on n'est pas des poubelles, on pourrait être des animaux. Le car pue en permanence le chien mouillé. On attache sa laisse (pardon, sa ceinture), et la fusée repart à l'horizontale jusqu'à la ville.

Je m'assois toujours à la même place. Toute seule au milieu. Les autres préfèrent se tasser au fond. Sauf les trois garçons qui se mettent à l'avant pour se montrer à la conductrice, qui s'en fiche. Avant, elle conduisait les camions de lait, pour la coopérative. Maintenant c'est nous. C'est parfois aussi pâle. Et souvent silencieux, le matin. La conductrice a des gros seins qui font rêver les garçons. Moi, les miens sont si petits qu'on les voit à peine. Et ça tombe bien. Les garçons ne me regardent pas, et je ne les regarde pas non plus. Le matin, je ne regarde rien ni personne parce que j'ai mal au ventre. Un yo-yo qui monte et descend en moi, s'enroule et se déroule à toute allure.

Vingt-cinq minutes plus tard, le car s'immobilise sur le parking. Je détache ma ceinture en calculant très exactement le nombre d'heures qu'il me reste avant de me retrouver au même endroit, et de refaire enfin le geste dans l'autre sens.

J'ai beau me dire qu'il ne faut pas y penser, la pensée revient toujours. Je descends du car et c'est à ce moment-là que je lève la tête. Tous les matins au même endroit.

Un haut-le-cœur. L'estomac qui se retourne comme une chaussette.

Dès que je l'aperçois.

Le collège.

2

En photo, le collège du Pique-Prune fait son petit effet. Tout en bois, métal et baies vitrées, presque neuf. Entouré d'un parc magnifique, avec de grands arbres, et une jolie pelouse sur laquelle on a le droit de marcher, s'asseoir et même s'allonger, sauf qu'elle est presque toujours mouillée. C'est vrai que les jardiniers ne peuvent pas attendre que les élèves soient partis pour arroser… Mais si on aime avoir les pieds et les fesses trempés, c'est bon !

Le collège, c'est comme la pelouse. Il n'est pas interdit de l'aimer, même si tout est fait pour vous en dégoûter.

Par exemple, les gens qui l'ont construit devaient être sourds. Ou bien ils ne savaient pas qu'un collège, ça se remplit de collégiens. Des ados qui se bousculent, qui crient, qui s'interpellent, qui chahutent. Ou alors ils voulaient inventer un autre style de communication. La percussion dans les escaliers métalliques. Les couloirs en xylophones branchés sur les baffles d'un concert de heavy metal, comme mon père en écoutait quand il était encore jeune (c'est-à-dire juste avant ma naissance, selon lui).

Tout est dans l'apparence, mais au fond tout est faux, et tout le monde ment tout le temps.

Contrairement à ce qu'il dit, mon père écoute toujours du heavy metal à fond, seulement il met un casque pour ne pas qu'on le sache, parce qu'il a honte de son passé de métalleux, surtout depuis qu'il porte des costumes-cravates.

Et sous ses allures agréables et modernes, le collège est aussi accueillant qu'une prison.

Moi, je n'aime pas le bruit, je n'aime pas quand il y a du monde autour de moi, je n'aime pas être bousculée, je n'aime pas être enfermée.

Le collège, c'est tout ça en même temps.

Au début, je faisais des malaises. Un truc qui se coinçait entre les côtes et m'empêchait de respirer. Une fois, je suis même tombée dans les pommes.

Une heure à l'infirmerie, au calme. Puis on m'a renvoyée en cours.

Depuis je m'asphyxie en silence. Je n'oxygène pas mon cerveau ni mes cellules. Le collège me rend bête, aveugle, sourde et muette. Je n'y apprends rien d'intéressant, je n'y vois rien d'intéressant, je n'y côtoie personne d'intéressant. Je grandis peut-être en taille mais, pour le reste, je régresse à une vitesse folle.

J'aimerais partir. Sécher les cours. Je sais qu'il y a des filles qui le font, en troisième.

Mais je suis en cinquième, et je n'ose pas.

En réalité, je devrais déjà être en quatrième. Parce que j'ai redoublé ma sixième. Ils ont dit que ça me ferait du bien. Moi, j'ai juste pensé que j'avais déconné. Une année de redoublée, c'est une année de plus ici, une année de perdue. Depuis, je me suis juré d'avoir toujours la moyenne dans toutes les matières, et j'ai réussi à passer en cinquième. Ça n'empêche que j'ai toujours cette année de retard qui me suit comme un boulet.

Je rase les murs de bois, j'aimerais qu'on me jette hors d'ici. Parfois je hurle que je voudrais être libre, et ça n'émeut personne. Faut dire que moi, quand je dis que je hurle, c'est tout juste si je parviens à chuchoter.

Alors il faudrait déjà que quelqu'un m'entende, que quelqu'un m'écoute, que quelqu'un sache que je suis là.

J'ai demandé à Célia de me prêter son téléphone, le temps de prendre une photo. Elle a refusé. Elle m'a demandé ce que je voulais photographier et je n'ai pas voulu le lui dire. Elle s'est vexée. Elle a refusé. Je ne sais pas à quoi ça sert d'avoir des copines…

Mon plan, c'était : faire la photo avec son

smartphone et l'effacer tout de suite après l'avoir envoyée sur ma page de réseau.

Personne ne sait que j'ai un profil, vu qu'il n'y a rien dessus qui soit visible par les autres, mais là, rien que pour moi, j'aurais pu y poster une photo de lui.

Une photo qui aurait changé ma vie.

Lui, c'est Ulysse.

Je n'en ai jamais parlé. Je grave des U partout dans les toilettes, sur les joints du carrelage, par terre, avec mes ongles. Parfois en minuscules graffitis sur les tables, au feutre.

Quand je sais qu'il est là le matin, j'ai moins mal au ventre.

3

Ulysse est arrivé début janvier, pour remplacer M. Valace.

M. Valace, il fallait l'appeler « Monsieur Valace » à tout bout de champ, et il avait beau connaître nos emplois du temps par cœur, au mois de juin il nous demandait encore nos carnets de correspondance à l'entrée, matin, midi et soir, et il les reluquait dans tous les coins pour voir si on ne le grugeait pas. Il disait toujours ça : « N'essayez pas de me gruger. » À la fin, on l'avait surnommé : M. Grugé.

Il était vraiment vieux. Il a peut-être été mis à la retraite d'office ? Enfin, il est parti, et c'est

Ulysse qui l'a remplacé. Et là, on est passé au XXIe siècle d'un seul coup.

Parce qu'Ulysse, il est… carrément jeune, carrément beau, carrément noir. Même sa montre. Son jean. Ses chaussures. Noir, et beau.

La première fois qu'on lui a dit « Merci, monsieur » après lui avoir tendu notre carnet, il a rigolé en découvrant ses dents, très blanches et super bien alignées.

Moi, je porte un appareil dentaire, alors les belles dents bien plantées, ça fait envie, forcément. Il a dit :

– C'est quoi cette histoire de « monsieur » ? Je m'appelle Ulysse. Y'a pas de « monsieur » ici, on est tous dans le même bateau.

Facile à dire… Lui, il est à l'entrée et, une fois les grilles fermées et tous les élèves à l'intérieur, il peut se déplacer comme il veut, marcher, courir dans le parc, arpenter les couloirs, monter les escaliers, les descendre. Il peut bouger, lui.

Alors son bateau, c'est pas le même que le nôtre.

Nous, on a droit aux salles de classe riquiqui où on ne peut pas ouvrir les fenêtres parce qu'elles sont bloquées. Pas bloquées de naissance, juste depuis deux ou trois ans parce que, comme nous l'a expliqué sans rire le proviseur : « Le bois, ça travaille. »

Et nous, on ne travaille pas, peut-être ?

Ils ont installé des ventilateurs pour ne pas qu'on meure de chaud en été.

Mais les fenêtres restent fermées. Et les portes des salles de classe aussi, à cause du bruit dans les escaliers et les couloirs. Ici, tout est fermé.

Le seul problème, avec Ulysse, c'est qu'il est physionomiste. Il voit une fois, il enregistre. Un vrai disque dur.

En quinze jours, il avait déjà photographié mentalement tous les élèves du collège. Sa mémoire m'impressionne. Maintenant, il ne nous demande même plus notre carnet le matin pour entrer, ni le soir pour sortir.

Pourtant, moi, j'aimais bien. Ça nous permettait

de rester un peu plus longtemps ensemble. Plusieurs fois, j'ai fait semblant de l'avoir oublié, de fouiller dans mon sac. Mais ça ne marche plus. Il se souvient de tout le monde, même de moi, et même de mon prénom. Il sourit et me dit :

– Ça va, Nine, cherche pas… c'est bon.

Il a une voix grave, douce, chaude. J'aime l'écouter. Le matin, elle m'enveloppe comme une écharpe. Et puis on rentre en cours.

Et je cesse de respirer.

Ce que je préfère, c'est quand même le cours de maths. Je crois que, depuis le début de l'année, le prof ne m'a pas adressé une seule fois la parole. Parfois, je me demande si j'existe pour lui. J'ai la moyenne, je travaille un peu à la maison, alors ça va. J'aime bien quand on me laisse tranquille. Comme ça, je peux penser à autre chose. À des choses qui m'intéressent. C'est-à-dire, à dehors.

Avant, je ne pensais à rien d'autre qu'à scruter la pendule ou ma montre, les aiguilles, les heures, les minutes, les secondes. À faire des calculs compliqués pour savoir combien de temps il restait avant le cours suivant, avant le repas du midi, avant le car du soir.

Maintenant, c'est mieux. Je pense à Ulysse. Je rêve d'Ulysse. Il m'emmène loin d'ici. Au moins à Paris. Ou au cinéma. Ou se balader. Il me tient par la main, il m'embrasse. Il me serre dans ses bras. Je l'aime, mais il ne le sait pas encore. Je sais bien qu'il doit me trouver trop jeune. Et puis j'ai un appareil dentaire, alors j'évite de sourire. Du coup, il pense peut-être que je suis du genre triste. C'est vrai que je me sens un peu nulle, avec mes grandes jambes toutes maigres et ma poitrine minuscule. Mais avec Ulysse, je ferais des choses intéressantes, c'est sûr.

4

Hier, la prof principale nous a parlé de notre avenir. C'est fou tous ces adultes qui veulent tout savoir sur NOTRE avenir…

Célia a pris la parole en expliquant pourquoi elle voulait devenir architecte, et Léa nous a barbés en racontant qu'elle rêvait d'être vétérinaire depuis qu'elle avait trouvé un bébé oiseau, et qu'il était mort parce qu'elle n'avait pas su le soigner. Après, je n'ai pas écouté les autres. Ça me soûlait de les entendre parler de leur avenir, du métier de leur rêve…

J'ai regardé par la fenêtre, et j'ai vu Ulysse passer avec un élève. Il encadre un groupe d'ados, de temps en temps, je ne sais pas exactement ce qu'il fait avec eux, mais moi…

Alors quand la prof a prononcé mon nom, j'ai sursauté, parce que je rêvais que j'étais partie avec lui et qu'on se baladait dans Paris, le long de la Seine, en amoureux. Elle m'a juste dit : « Et toi, Nine ? »

J'ai eu un blanc. Et moi, quoi ? Je ne me souvenais même pas dans quel cours j'étais ni de quoi on parlait.

Deux ou trois garçons ont commencé à rigoler doucement. Ça m'a énervée. Heureusement, la sonnerie de la fin de cours s'est déclenchée au moment où j'allais ouvrir la bouche pour dire que je ne savais pas, que je ne savais vraiment pas… de quoi on parlait…

Ma seule envie, c'est de quitter le collège. Le reste, je m'en fiche. L'avenir, je ne le vois pas, en fait.

Déjà, il faudrait que j'arrive à parler à Ulysse.

J'ai rencontré Célia l'année dernière, lorsque je redoublais ma sixième. Elle, c'est en primaire qu'elle a redoublé, je ne sais pas quelle année. Du coup, on a le même âge. Après l'histoire de la photo, j'ai fini par lui expliquer, pour Ulysse. Elle avait déjà à moitié compris, alors c'était plus facile. On peut se confier des choses, elle et moi. C'est pas le genre à aller les raconter aux autres, et moi non plus.

On a regardé ensemble le site Web du collège, mais il n'est pas à jour. C'est encore ce vieux grincheux de M. Valace en photo. Si seulement il y en avait une d'Ulysse !

Célia me dit que c'est nul de s'attacher à un pion. Parce que les pions, ils sont trop vieux pour nous. Ulysse, il a 23 ans, d'après elle. Moi je dirais 22. C'est difficile de savoir précisément. C'est quand même pas si vieux. Ça ne fait que huit ou neuf ans d'écart entre lui et moi. Comme entre mon père et ma mère. Et mes parents, ils ont l'air de s'entendre plutôt bien. Alors ça va, huit ou neuf ans, c'est pas trop.

– Oui, mais là, t'es encore jeune, me dit Célia, c'est pas la même chose.

D'accord, je suis encore jeune. Mais si Ulysse m'aimait, il pourrait peut-être attendre que je sois un peu plus vieille. On va dire jusqu'à mes 15 ou 16 ans, pour ne pas faire de vagues.

Mais est-ce que c'est possible, d'attendre si longtemps ?

C'est ça qui me désespère. En plus, des filles, il y en a plein le collège. Certaines avec l'avantage d'avoir redoublé plusieurs fois. Et puis moi, en vrai, je ne suis pas très jolie. Des jambes de grenouille, pas de poitrine, et la peau trop blanche. Ulysse, il relève toujours ses manches de sweat, même en plein hiver, et sa peau… elle est tellement belle qu'on dirait de la poudre de cacao. La mienne, à côté, c'est de l'endive fanée. Et s'il n'aimait que les filles noires ? Comme Analia, la secrétaire. Elle est trop jolie. Bien sûr, elle a eu un bébé l'année dernière, alors elle est sans doute heureuse avec son mari, et Ulysse ne l'intéresse peut-être pas du tout, mais…

Tout ça, j'y pense cinquante mille fois par jour. Ça me prend du temps.

Célia me dit que je devrais changer de refrain. Je crois que je commence à la fatiguer avec cette histoire. J'ai beau lui expliquer que c'est sérieux, elle ne me croit pas. Elle me dit : « Attends, tu vas voir, dans quelques années, les garçons seront mieux. Il y en aura forcément un de bien pour toi. »

Je ne sais pas comment elle fait pour sortir des trucs pareils. On dirait qu'elle vit dans un frigo en attendant le dégel.

Quelques années, pour moi, c'est trop long.

5

– Alors si t'as pas la patience d'attendre, il faut que tu lui parles, à Ulysse.

– Ah oui, et quand ?

– La semaine prochaine, la prof de français est absente mardi. On va avoir au moins deux heures de perm.

– Et alors ?

– Et alors… C'est Ulysse qui va les assurer, les heures de perm.

J'ai regardé Célia, je n'en revenais pas.

– Comment tu sais ça, toi ?

Elle m'a expliqué un truc compliqué, que le frère d'Ulysse était dans la même classe que la sœur du voisin de je ne sais pas trop qui.

– Ulysse a un frère au collège ? Il est en quelle classe ?

– En quatrième ou en troisième, je crois. Je sais pas trop.

– Et t'es sûre que c'est son frère ?

– Sûre. Quand tu les vois ensemble, y'a pas photo.

– Tu les as déjà vus ensemble, toi ?

– Oui, et toi aussi, je te signale. Hier, pendant le cours de maths, par exemple. Ulysse est passé avec lui dans la cour. Tu les as forcément vus, t'es toujours en train de regarder par la fenêtre.

– Ah… ça se remarque tant que ça ?

Célia m'a observée un bon moment. Elle avait cet air que je n'aime pas, qui veut dire qu'elle sait quelque chose et qu'elle hésite à me le dire.

– Bon, alors ?

– Oui, ça se remarque. Tout le monde sait que t'es ailleurs, Nine. Les profs, les élèves, tout le monde. Personne ne sait où, mais t'es ailleurs, tout le temps.

J'ai murmuré :

– Qu'est-ce que ça peut vous faire…

J'avais envie de pleurer.

Célia, elle comprend vite. Elle m'a rassurée en me disant de ne pas m'inquiéter. Qu'un jour ça ira mieux. Que parfois, elle aussi s'ennuie au collège et que, lorsqu'elle en a trop marre, elle pense à son cabinet d'architecture, aux maisons qu'elle construira, et…

J'ai fait la grimace.

Moi, non seulement je n'ai aucune idée pour mon avenir, mais en plus j'ai l'impression d'être en train de… en train de…

Je me suis mise à pleurer pour de bon. Ça m'énerve quand je suis comme ça. Une boule pleine de douleur. Si on me touchait, dans ces moments-là, je crois que je pourrais hurler.

Heureusement, les gens se tiennent à distance.

C'est vrai, c'est quelque chose que je ne supporte pas. Qu'on me touche quand je vais mal. Il n'y a que l'homme de ma vie qui pourra. Et mes enfants, évidemment. Bon, je sais, c'est nul de dire ça : l'homme de ma vie. Comme si ça pouvait exister…

Je sais bien, au fond de moi, qu'Ulysse, c'est du rêve. Du vent. Mais ça me permet de tenir le coup. Et puis on ne sait jamais. Je me dis tout le temps ça : On ne sait jamais.

Célia m'a tendu un mouchoir en papier, sans rien dire.

Peut-être que si j'arrivais à être copine avec son frère, je parviendrais à me rapprocher suffisamment d'Ulysse, pour lui dire que je l'aime.

Avec l'épidémie de grippe qui sévit en ce moment, on n'était qu'une dizaine d'élèves en perm, et moi tétanisée devant Ulysse. Célia m'a sauvé la mise, une fois de plus. Elle l'a abordé directement et lui a posé des tas de questions, pour savoir s'il allait rester pion à vie, ou s'il voulait faire autre chose, comme métier…

Il s'est mis à rire avant de nous dire qu'il n'aimait pas qu'on parle de « pion », qu'il préférait le terme exact d'« assistant d'éducation », notamment à cause du mot « éducation ». Ça, c'était bien vu.

Après, il nous a demandé de le tutoyer parce que, d'après lui, le vouvoiement, c'était bon pour les profs. J'ai trouvé ça craquant.

Je me suis laissée bercer par sa voix, tellement douce… Je pensais : Ulysse est là, près de nous, il nous parle, c'est trop bien, trop bien…

Du coup, je n'ai pas tellement prêté attention à ce qu'il disait. J'ai cru comprendre qu'il poursuivait des études pour devenir interprète, quelque chose dans ce goût-là, qu'il les finançait en travaillant au collège et qu'il aimait particulièrement son rôle d'accompagnateur auprès des jeunes sourds de l'établissement. Des sourds, il n'y en a pas dans ma classe de cinquième, mais il y en a en quatrième et en troisième. Ils ont une partie des cours entre eux, et une partie commune avec les autres élèves. Ils sont souvent accompagnés par des pions (pardon : des assistants d'éducation). On les voit de loin, dans le parc, qui se font de grands gestes. Mais souvent ils restent entre eux, et je crois que je ne saurais même pas les reconnaître.

Après avoir répondu aux questions de Célia, Ulysse s'est intéressé à nous, à ce qu'on voulait faire plus tard. Laura a expliqué qu'elle voulait travailler avec des enfants handicapés. On lui a raconté que, l'année dernière, il y avait une fille en fauteuil roulant, dans notre classe. Elle était super sympa. On se battait pour l'accompagner parce qu'on avait le droit de prendre l'ascenseur avec elle. Mais ses parents ont divorcé, et elle a quitté le collège.

Puis, brusquement, Ulysse s'est tourné vers moi et m'a dit :

– Et toi, Nine, tu rêves de quoi ? Tu n'as pas l'air heureuse, ici.

Tout s'est bousculé dans ma tête. Ulysse s'adressait à moi, Ulysse me posait une question, Ulysse me disait que je n'avais pas l'air heureuse, ce qui sous-entendait qu'il m'avait observée, qu'il avait vu… Ça faisait trop, d'un seul coup. J'ai ouvert la bouche, et j'ai bafouillé trois ou quatre mots en rougissant, et personne n'a rien compris.

Célia a expliqué que je sortais de chez le dentiste, que mon nouvel appareil dentaire se coinçait et m'empêchait de parler distinctement.

Trop gentille, Célia. Elle m'a évité de passer pour une totale abrutie, mais j'aurais bien aimé qu'elle trouve une excuse moins gênante.

Du coup, il y a eu un gros silence.

6

Les dix premières secondes, j'ai pensé que j'avais tout foiré, et que c'était fini. Les dix secondes d'après, j'ai pensé que ça ne pouvait pas être fini si vite entre Ulysse et moi alors que rien n'avait encore commencé.

J'ai passé les dix secondes suivantes à prendre une large inspiration.

Les joues brûlantes, j'ai articulé, d'une traite :

– Je ne sais pas ce que je vais faire de ma vie, mais je sais que je veux partir d'ici très vite parce que dès que j'entre dans ce collège j'ai mal au ventre, et j'ai l'impression qu'ici personne ne nous prend jamais au sérieux sous prétexte qu'on n'a que 13 ou 14 ans, et la seule chose qui intéresse les gens c'est de savoir ce qu'on va faire plus tard sans se soucier de ce qu'on veut faire maintenant, et c'est comme si on vivait dans un pays où on peut crier autant qu'on veut, mais où on est entouré de sourds, et voilà.

C'est sorti comme ça. Je ne sais pas comment j'ai fait pour dire tout ça sans reprendre mon souffle, ni pourquoi j'ai dit ça à ce moment-là.

Quand j'ai eu fini, ma tête tournait et j'ai manqué m'évanouir. Célia me regardait d'une manière bizarre, les autres aussi. Ulysse me fixait, sans un mot. Et moi, j'avais juste envie de pleurer.

– Tu devrais en parler à quelqu'un, m'a dit Ulysse, après un temps de silence. Avec un adulte, le médecin scolaire peut-être. Comment tu veux apprendre, si tu as tout le temps mal au ventre ? C'est pas possible ! J'imagine que ça va mieux le soir, le week-end, ou pendant les vacances, n'est-ce pas ?

– Oui.

– C'est le collège qui t'oppresse à ce point ?

– Je me sens… écrasée.

– Et pas écoutée.

– Oui, c'est ça.

Là, j'ai pensé qu'il fallait qu'il arrête de me poser des questions. Je ne voulais surtout pas qu'il me voie pleurer. Je me retenais désespérément, c'était horrible, je sentais les larmes monter, tout près des paupières…

Je suis sûre qu'Ulysse l'a vu. Il a attrapé un bouquin qui traînait sur une table et il a ajouté d'un air détaché :

– C'est important, ça, l'écoute… Tu me fais penser à mon frère… Lui non plus n'aime pas le collège.

J'ai fait mine de ne rien savoir, et je lui ai demandé :

– Ton frère ? Tu as un frère ici, au collège ?

– Oui. Il s'appelle Noah.

À ce moment-là, Cédric est intervenu, pour faire son intéressant.

– Noah, comme le chanteur et tennisman ?

C'était fini. La conversation a dévié sur le sport jusqu'à la fin de la perm, et je n'ai rien pu dire d'autre.

7

C'était il y a trois semaines et, depuis, pas moyen de parler avec Ulysse. « Bonjour », « Bonsoir », rien d'autre. La seule chose que j'ai apprise sur lui, par hasard, c'est qu'il est né le jour du Débarquement (un 6 juin). Mais je ne vois pas à quoi ça pourrait me servir. Il est rarement seul, et je suis trop timide pour l'aborder. Une minute de bonheur le matin quand j'entre au collège et que je le vois, une minute de bonheur le soir quand je quitte le collège et que je le vois… Le reste du temps, je ne fais rien d'autre que penser à lui.

Alors, question scolarité, j'ai décroché. Une

chute libre, un truc que rien n'arrête. Pareil que pendant ma première sixième. Je suis repassée en dessous de la moyenne. Je n'arrive même plus à travailler chez moi le soir.

La nuit, je fais des cauchemars horribles : je redouble aussi ma cinquième. Puis ma quatrième. Et je n'arrive jamais à quitter le collège. Je dois y aller encore, pendant des années. Je me réveille complètement angoissée.

Je n'ai pas suivi les conseils d'Ulysse, je n'ai pas demandé à voir le médecin scolaire. J'ai peur qu'il répète tout à mes parents. Je ne veux pas qu'ils se mêlent de ça. Ils ne comprendront pas. Mon père pensera que c'est du chiqué, un truc que j'ai inventé pour ne plus aller au collège. Et puis, de toute façon, il n'est jamais là quand on a besoin de lui. Il n'y a qu'Ulysse qui a tout compris sans que je n'aie rien besoin de lui dire. Et Célia, parce que je lui ai tout expliqué.

J'ai mené ma petite enquête sur Noah, ces dernières semaines. Maintenant, je sais qui c'est.

Effectivement, je l'ai vu passer plusieurs fois avec Ulysse, et Célia a raison : il ressemble beaucoup à son frère. Grand, costaud, le visage un peu plus rond et les cheveux coupés très court, presque ras. Ça lui va bien. Il semble aussi… un peu plus sauvage. Enfin, il n'a pas l'air d'apprécier la compagnie. J'ai remarqué qu'au self il se débrouille toujours pour manger dans les premiers. Du coup, il rend son plateau au moment où j'arrive, et je n'ai pas encore réussi à lui parler. Je ne sais pas comment faire, ni vraiment quoi lui dire. Je ne voudrais pas qu'il pense que je m'intéresse à lui uniquement pour me rapprocher de son frère. Même si… bon… C'est quand même un peu ça.

J'ai eu une idée pendant le cours d'histoire. Ulysse est né le même jour que le Débarquement, un 6 juin donc. Alors, pour son anniversaire, je pourrais lui faire un cadeau. Mais pas un truc débile ou passe-partout. Un vrai cadeau personnalisé. Et pour ça, je pourrais me servir de Noah, pour connaître les goûts d'Ulysse et viser pile au bon endroit.

Bon, d'accord, c'est pas très honnête de vouloir être amie avec Noah juste pour ça. Je me suis même pris la tête avec Romane à cause de lui, ce midi.

Je venais d'arriver quand j'ai vu que Noah quittait le réfectoire avec un copain. Cette fois, j'étais bien déterminée à ne pas le laisser partir sans rien tenter. Je l'ai appelé à plusieurs reprises, sans doute pas assez fort parce qu'il ne s'est pas retourné. Il a quitté le self comme s'il ne m'avait pas entendue.

Romane, elle, n'avait rien loupé de la scène.

– C'est Noah que t'appelais ?

– Tu le connais ?

– C'est le frère d'Ulysse. Il t'intéresse ?

J'ai hésité avant de répondre. Romane, c'est pas vraiment la fille que je préfère dans ma classe. Elle sait toujours tout, et elle raconte souvent des choses sur les uns et les autres. Je m'en méfie.

– Je voulais lui parler, c'est tout.

– Lui parler ? Rien que ça ? Eh bien ma pauvre, tu vas t'amuser ! Parce que, lui, tu vois, ça m'étonnerait qu'il t'écoute…

– Pourquoi tu dis ça ?

– Il voudra jamais d'une fille comme toi, il préfère rester avec ses copains. Et comment tu veux qu'il te comprenne ?

Ça m'a choquée qu'elle dise ça. Et pourquoi il ne me comprendrait pas, d'abord ? D'un seul coup, j'ai pensé à mon appareil dentaire, qui me fait bafouiller de temps en temps.

– Dis tout de suite que je suis débile !

– En tout cas, je ne sais pas ce que tu lui trouves, à ce mec. Moi, un garçon pareil, j'aimerais pas sortir avec, ça non.

J'ai commencé à piger, et là, ça m'a énervée à un point… J'ai presque crié :

– C'est parce qu'il est noir que tu dis ça ? T'es raciste ! C'est dégueulasse. Moi, je m'en fous qu'il soit noir, jaune ou rouge. Tu te crois belle, toi, avec ta peau blanche ?

Là, j'ai quand même baissé d'un ton, parce que Romane, elle est allée au ski cet hiver, et revenue toute bronzée. Elle a rétorqué :

– Qui a parlé de sa couleur de peau ? C'est pas

la question ! Mais tu sais quand même comment il est, Noah, non ?

Je n'ai pas voulu avouer que je ne voyais pas de quoi elle parlait, alors j'ai fait signe que si, que je savais très bien.

Romane s'est mise à rire méchamment et m'a balancé :

– Alors vas-y, Nine, vas-y. Fonce ! Va lui parler. Va lui raconter ta vie. C'est sûr qu'il va t'écouter, et vous allez bien vous entendre, tous les deux. Il va te raconter des tas d'histoire sur sa famille, et sur Ulysse et sa jolie voix… Parce que tu crois qu'on n'a pas remarqué, dans la classe, que tu regardes Ulysse comme si c'était Dieu en personne ? Alors tes petites manœuvres avec son frère…

J'ai rougi, j'ai encaissé. J'ai mangé le dessert (du gâteau de riz au caramel) en deux bouchées, j'ai même failli m'étrangler avec, parce que je voulais abréger au plus vite la discussion. J'aimais pas ce qu'elle me disait et j'ai pris ça comme un défi.

8

Romane pensait que je n'étais pas capable de parler avec Noah ? Eh bien, elle allait voir ce dont j'étais capable, moi, Nine. Parce que, là, je me suis dit : j'en ai marre qu'on me prenne pour une conne, ou une débile, ou une incapable, ou une rien du tout. Alors je vais aller lui parler, à Noah, et tout de suite, même.

J'avais encore du gâteau de riz dans la bouche quand je me suis levée. J'ai pris mon plateau, je suis allée le remettre aux dames de service et je suis sortie chercher Noah.

Dans le parc, il y avait du monde. Des groupes de filles, des groupes de garçons. J'ai regardé partout. Aucune trace de Noah. J'étais énervée. Alors j'ai fait quelque chose de bizarre…

J'ai remonté l'allée qui mène droit vers la sortie du collège.

À l'entrée, Ulysse attendait l'arrivée des externes, ceux qui mangent chez eux. D'habitude, je n'arrive pas à aligner plus de deux mots avec lui. Dès que je le vois, je rougis et je perds mes moyens. Mais là, j'étais vraiment énervée. J'ai respiré un grand coup et je lui ai dit :

– Salut Ulysse, tu sais pas où je peux trouver Noah ? J'ai un truc à lui dire, c'est urgent.

C'était du bluff, et si Ulysse me demandait des explications, je n'en avais préparé aucune. Je n'allais quand même pas lui avouer que je voulais être amie avec son frère pour savoir ce que je pourrais lui offrir, à lui, Ulysse, pour son anniversaire !

Il m'a regardée d'un air un peu perplexe et m'a dit, lentement :

– Tu veux *parler* avec mon frère ?

J'ai essayé de paraître très sûre de moi.

– Oui, oui, j'en ai pour deux minutes. Mais j'arrive pas à le trouver.

Il a paru réfléchir. Je regrettais déjà d'être venue, et en même temps j'étais heureuse parce que j'étais là, avec Ulysse. Je parlais avec Ulysse…

– C'est pas toujours facile de communiquer avec mon frère, tu sais.

– J'en ai pour cinq minutes !

– Nine… Tu sais que Noah est sourd, n'est-ce pas ?

J'ai ouvert la bouche, et pas un son n'en est sorti. En revanche, je devais avoir les yeux qui sortaient de la tête parce qu'Ulysse s'est mis à rire.

– Bon, visiblement, tu ne savais pas… Ça ne fait rien. Si tu as quelque chose à lui dire, vas-y. Après tout, tu as des mains et des yeux, tu sauras bien te débrouiller. À la pause de 15 heures 30, il est souvent avec ses copains du côté de l'escalier qui mène à la salle de gym.

Je n'ai rien pu demander d'autre. Ça n'allait pas tarder à sonner.

En attendant, s'il y en avait une de sonnée, c'était moi.

Noah était sourd... Le frère d'Ulysse était sourd...

J'ai pensé à ça pendant tout le cours de maths. Puis pendant celui de français. J'attendais la pause avec des idées plein la tête, des idées confuses. Je ne savais plus quoi penser, en fait.

Du coup, je n'ai pas senti l'orage arriver. Et quand la prof de français m'a demandé de venir la voir à la fin du cours, j'ai eu l'impression de me prendre un poteau en pleine face.

– Je vais devoir convoquer tes parents, Nine. Depuis un mois, tous tes résultats scolaires se sont effondrés. Je ne sais pas ce qui se passe. Tu es là, mais absente. Tu n'écoutes plus rien et, visiblement, tu ne travailles même plus chez toi. Ça ne va pas du tout. Tu as déjà un an de retard... Passe-moi ton carnet de correspondance, s'il te plaît. Tes parents peuvent venir vendredi en fin d'après-midi ?

J'ai répondu oui d'un signe de la tête. Une

douleur dans le ventre à me faire hurler, une panique absolue. J'ai repris mon carnet de correspondance, je tremblais.

Sur le moment, j'ai complètement oublié Noah.

9

Le problème des convocations, c'est qu'on n'arrête pas de se faire engueuler de la semaine, et pour la même chose, en plus. La première fois, c'est par ses parents. Pour peu qu'on ne les voie pas en même temps, ça fait déjà deux engueulades : une fois par sa mère, une fois par son père.

Et puis quand ils arrivent au collège le jour choisi, ça recommence avec la prof.

Là, ça n'a pas loupé. Premier savon par ma mère. Enfin, elle a d'abord tenté de m'amadouer, du genre : « Qu'est-ce qui t'arrive, Nine ? Tu as des problèmes ? Il y a des gens qui te harcèlent au collège ? »

Sa grande peur, c'est le racket, depuis qu'elle a vu un reportage à la télé, elle ne pense qu'à ça. Je lui ai dit que non, personne ne voulait me voler mon téléphone portable, vu que je n'en ai pas. Elle n'a pas apprécié mon humour, alors elle a changé de ton et a commencé à m'engueuler. Ensuite mon père est rentré, tard comme à son habitude, et il a suivi ma mère, pour ne pas être en reste. Pendant le dîner, ils se sont acharnés sur moi, des fois que je n'aie pas bien saisi.

Et rebelote avec la prof, le vendredi, au collège.

Et encore une fois de plus, le soir, en rentrant à la maison.

Ils m'ont fait la morale pendant une heure. Ma mère m'a dit que je gâchais ma vie, et mon père m'a prédit un avenir de merde. Ils m'ont d'un commun accord privée de sortie ce week-end (je devais aller au ciné avec Célia).

Qu'est-ce que j'aurais pu leur dire ? Que les études m'ennuient, que je ne supporte pas tous ces gens qui hurlent et qui crient, et le bruit permanent dans ce collège, et les gens qui me bousculent, et les cours interminables. Que la seule chose qui me permet de tenir encore, c'est Ulysse. Le seul qui me comprend vraiment. Mais je n'ose même pas imaginer ce que diraient mes parents si je leur parlais de lui…

Alors je suis partie pleurer dans ma chambre.

Parfois, je me dis que si je disparaissais, ça arrangerait tout le monde, et moi la première. Je ne tiendrai jamais le coup jusqu'à la fin de la troisième, c'est sûr.

Et puis, petit à petit, j'ai repensé à Noah.

Je ne savais pas qu'il était sourd.

J'étais en train d'écouter de la musique sur mon MP3 et j'ai pensé : ça fait quoi, d'être sourd ? J'ai éteint la musique, mis les mains sur mes oreilles. Et j'ai commencé à réfléchir. D'abord, je n'y ai vu que des avantages : on n'entend pas le bruit. On n'est pas réveillé par les chiens du voisin qui aboient dès 5 heures du matin, on n'est pas assourdi par les marteaux-piqueurs qui défoncent le trottoir comme en ce moment devant le collège. On n'entend pas les parents nous engueuler, ni les profs pendant les cours…

Après, je me suis posé des questions plus précises : comment il fait, Noah, pour entendre son réveil, le matin, puisqu'il est sourd ? Et la sonnerie de la fin des cours ? Et si on l'appelle, il ne peut pas répondre… Et pour parler avec son frère, alors ? Et la musique… il ne sait pas ce que c'est ? Il ne peut pas danser, s'amuser… Et s'il a une copine qui veut lui dire des choses gentilles, il ne les entend pas non plus… Et pour apprendre ? Et pour… communiquer… Il ne se balade pas avec une pancarte avec lui pour écrire ce qu'il veut, quand même…

C'est là que je me suis souvenue d'une émission sur des sourds, à la télé. Un homme sourd qui parlait d'une voix un peu bizarre. Et puis une femme, aussi. Elle, elle ne parlait pas, mais elle… comment on dit déjà… Ah oui, elle signait. À ses côtés, quelqu'un traduisait en mots ce qu'elle disait en gestes. Il parlait super vite parce que, visiblement, elle était bavarde avec ses mains et qu'elle avait beaucoup de choses à dire…

C'est vrai, le collège a organisé une « journée découverte » à propos de cette langue des signes, avant les vacances. Il y avait des affiches partout pour l'annoncer, mais je n'y suis pas allée. Et je n'avais jamais remarqué que Noah faisait partie du petit groupe de sourds que l'on voit parfois dans la cour.

10

Au CDI, il restait encore des brochures. *« La langue des signes française (ou LSF) est une langue à part entière qui permet aux sourds et aux malentendants de communiquer entre eux, et qui se pratique avec les mains. »*

En sortant du CDI, je suis tombée sur les copains de Noah. Je les ai observés de loin. Ils ne parlaient pas mais, effectivement, faisaient des gestes avec leurs mains. Ça avait même l'air d'une discussion assez animée. L'un d'eux gonflait les joues en faisant une grimace, et avec ses mains on aurait dit qu'il portait un paquet imaginaire et qu'il se prenait une porte dans la figure.

Les deux autres rigolaient. Ils se touchaient l'épaule, comme pour dire : « Attends, j'ai aussi quelque chose à raconter, regarde-moi. »

Peu à peu, ça m'a captivée. J'ai peut-être rêvé, mais pendant quelques minutes j'ai eu l'impression que je comprenais ce qu'ils racontaient. On aurait dit un film muet. C'est dommage, la sonnerie a retenti. Et là, je me suis rendu compte qu'un des garçons montrait une lumière blanche qui clignotait au-dessus de la porte… Je ne l'avais jamais remarquée.

Noah est arrivé au même moment. J'ai pensé : c'est la chance de ma vie. J'ai crié « Noah ! », par réflexe. C'était idiot de ma part, puisqu'il ne pouvait pas m'entendre. Il s'est arrêté quand même, parce que je lui barrais le passage.

Mon cœur battait à toute vitesse.

J'ai pensé : j'ai dix secondes pour entrer en communication avec lui, je fais quoi ? Évidemment, je n'avais pas pensé à prendre un carnet, un crayon, de quoi griffonner quelques mots sur un bout de papier. Alors j'ai agité les mains devant lui, n'importe comment. Il a ouvert de grands yeux, puis il a froncé les sourcils et m'a renvoyé une espèce de grimace pas sympa du tout, en haussant les épaules... Après, il a bougé ses mains latéralement à plat, paumes tournées vers le plafond, plusieurs fois, et il a ouvert la bouche, comme pour dire : « Alors quoi ? » Il avait l'air énervé, j'ai compris que ça ne servait à rien, qu'on n'arriverait pas à se comprendre. J'ai haussé les épaules à mon tour. Il m'a fait un signe du genre : « Casse-toi pauvre conne. » Je me suis écartée pour le laisser passer et il est parti en courant rejoindre ses copains.

En cours de français, je me suis mise à pleurer. La prof a pensé que c'était à cause de la convocation et de mes résultats scolaires. Elle m'a dit que rien n'était perdu, que j'avais encore trois mois pour me ressaisir, qu'elle allait m'aider.

Moi, j'ai pensé, au contraire, que tout était perdu. Que personne ne pourrait jamais m'aider à rien.

Quand je vois Ulysse, rien ne sort de ma bouche, c'est comme si j'étais muette.

Et quand je vois son frère, c'est de sa bouche que rien ne sort.

Évidemment, c'était totalement stupide de ma part d'imaginer que j'arriverais à communiquer avec Noah sans rien avoir préparé. D'abord parce qu'il ne me connaît pas, il ne sait même pas mon prénom. Et je ne vois pas ce qui lui donnerait envie d'entrer en contact avec une fille comme moi.

J'ai pensé qu'il fallait que je trouve autre chose d'un peu plus élaboré. Lui écrire, bien sûr ! Mais quoi ? J'ai passé deux heures à essayer, et j'ai tout balancé à la poubelle. Impossible de trouver les mots, les phrases… Alors j'ai changé radicalement de tactique.

D'abord, je devais en apprendre un peu plus sur cette langue des signes. Je suis repassée au CDI tout à l'heure, et j'ai demandé des infos à la documentaliste, alors ça, déjà, c'est fait. Elle m'a dit qu'il y avait eu une « journée découverte », avant les vacances de février. J'ai soupiré. J'étais au courant, mais… Ils sont marrants, ces adultes ! Comment j'aurais pu savoir, il y a un mois, que j'allais m'intéresser au sujet maintenant ? Je ne suis pas devin, moi. Et dans ma classe, personne n'y est allé non plus.

J'ai fini par savoir que des cours optionnels de langue des signes venaient juste de débuter, uniquement à l'intention des élèves de quatrième et de troisième.

La doc a conclu que, si ça m'intéressait, je pourrais les suivre l'an prochain.

Je n'ai pas répondu. Si ça se trouve, je vais redoubler ma cinquième. Et puis l'an prochain, c'est pas maintenant. Et c'est maintenant que je veux apprendre.

Maintenant tout de suite, même.

Comme elle voyait que je ne semblais pas satisfaite de ses réponses, elle a quitté la pièce. Elle est revenue deux minutes plus tard avec un livre : *Mes premiers pas en LSF*.

– Tiens, elle m'a dit. Il m'en reste un. Tu peux l'emprunter, mais tu me le ramènes très vite parce que je l'ai réservé pour un élève. Il va venir le chercher la semaine prochaine.

Je l'ai remerciée et je suis repartie avec le livre sous le bras.

C'est simple : j'ai trois jours pour apprendre un maximum de choses avant de ramener le livre au CDI.

Et je n'ai aucune idée sur la manière de m'y prendre.

Dans ce livre, il n'y a pratiquement que des dessins de visage et de mains, parfois accompagnés de flèches qui doivent indiquer un mouvement, une rotation. Et, en dessous, ce que ça signifie.

Je devrais pouvoir comprendre. Non, pas « je devrais ». Je n'ai pas le choix, IL FAUT que je comprenne, IL FAUT que j'y arrive. C'est la seule façon de lui parler.

11

Je me suis enfermée dans ma chambre. Le soir, j'ai expliqué à mes parents que je préparais un exposé. J'ai vu qu'ils avaient l'air sceptiques.

Mon père m'a demandé :

– Et c'est sur quoi, ton exposé ?

– Sur les sourds et la langue des signes…

J'ai lancé ça, sans réfléchir. C'était faux, bien sûr.

Pour une fois, mon père m'avait écoutée, et il m'a répondu :

– C'est bien, ça… C'est toi qui as choisi ce sujet-là ?

J'ai dit oui, avec aplomb, avant d'ajouter :

– Pourquoi, ça t'intéresse ?

Il a souri :

– J'ai une collègue, au boulot, dont la fille est sourde, et elle apprend à « signer » avec elle. On dit comme ça : « signer ». Elle a fait des recherches sur cette langue, et c'est assez dingue, ce qu'elle m'a raconté…

J'ai regardé mon père, un peu étonnée. C'est tellement rare qu'il s'intéresse à quelque chose qui m'intéresse, moi ! Je l'ai incité à poursuivre. Il ne s'est pas fait prier.

– Pendant longtemps, les gens ont pensé que si on était sourd, on était forcément idiot. Et puis au XVIIIe siècle, il y a eu un type… l'abbé de l'Épée, il s'appelait. Il a dit que non, pas du tout, que les sourds étaient aussi intelligents que les autres. Simplement, il fallait trouver un autre moyen de « parler » avec eux. Il avait bien remarqué que les sourds, entre eux, faisaient des gestes… Alors il a mis au point une langue gestuelle. Et il a même ouvert des écoles pour les sourds, pour qu'ils puissent recevoir une éducation, eux aussi. Mais après, ça s'est gâté…

– Ah bon, pourquoi ?

– Il y a des gens qui ont commencé à dire que les sourds devaient apprendre à parler, à « oraliser » comme les entendants, que cette langue des signes n'était pas une langue, et que tous ces gestes, c'était vulgaire, bestial même. Et elle a été interdite.

Ma mère écoutait mon père avec moi. Elle a sursauté :

– Interdite ?

– Oui, presque du jour au lendemain, après ce qu'on a appelé le congrès de Milan, en 1880. Les enseignants n'avaient plus le droit d'enseigner les signes, et les sourds n'avaient plus le droit de communiquer entre eux de cette manière. Ils devaient parler, un point c'est tout. Et tant pis si ça ne marchait pas toujours très bien. Parce que parler quand on ne s'entend pas, ce n'est pas évident pour tout le monde.

D'après ce qu'a dit mon père, il a fallu attendre les années 1970 pour que ça change. Et en France, la langue des signes n'a été reconnue comme une langue à part entière que dans les années 2000. Maintenant, elle est enseignée, et les sourds sont en droit de recevoir une éducation bilingue : LSF, et français écrit et oral, comme dans notre collège. Aux États-Unis, il y a même une université entière pour les sourds.

Parfois, ça vaut le coup d'écouter ses parents… Je ne pensais pas que mon père en savait autant sur le sujet ! Comme j'ai vu que ça l'intéressait, j'en ai profité pour lui montrer le livre emprunté au CDI, et on l'a feuilleté ensemble.

Il m'a dit qu'une langue, et encore plus celle des signes, ça ne s'apprenait pas dans les livres, mais par la pratique.

Il est marrant ! Je n'y ai pas pensé, peut-être… Je sais bien qu'il faut pratiquer et que c'est comme ça qu'on apprend… Mais avant, il faut arriver à trouver des gens qui la connaissent, et qui acceptent de vous aider. Il croit que c'est facile, lui !

C'est là que j'ai parlé des cours de LSF en option, au collège.

Mes parents ont échangé un regard… J'aime pas ça, quand ils se parlent avec les yeux et que je ne comprends pas.

12

Rien qu'en mettant les pieds au collège, ce matin, j'ai su que ça allait être une journée gluante. Déjà, pour commencer, Ulysse n'était pas à l'entrée. Un sourire en moins, une boule dans le ventre en plus. Puis en cours de maths, le prof s'est acharné contre moi parce que j'avais oublié mon cahier. Ça arrive à tout le monde, d'oublier son cahier ! Il ne pouvait pas me laisser tranquille comme d'habitude ? Et « Je ne sais pas pourquoi vous venez en cours si vous n'avez manifestement pas l'intention de le suivre » (parce que je suis obligée), et « Vous êtes sur la mauvaise pente » (je sais), « Dans le sens de la descente » (pas la peine d'en rajouter, j'avais compris), « Vous avez un an de retard, mais ça ne vous a pas servi de leçon » (non, ça n'a servi à rien, qu'à me bousiller le moral)...

Je fixais ma table, sans rien dire, en faisant mine de prendre un air triste. Mais il faut croire que je suis mauvaise comédienne ou qu'il lisait dans mes pensées... Enfin, il a fini par me lâcher quand Célia a fait tomber sa règle en fer par terre. Je crois qu'elle l'a fait exprès pour détourner son attention.

Le midi, ça ne s'est pas arrangé. Toujours pas d'Ulysse à l'entrée, et lorsque je suis allée demander s'il n'était pas trop tard pour m'inscrire aux cours de LSF en option, on m'a répondu ce que je savais déjà : à savoir que ces cours étaient réservés aux élèves de quatrième et de troisième, et que je n'avais qu'à attendre l'année prochaine.

MERDE, MERDE et MERDE.

Je suis sortie en donnant un coup de pied dans la porte du CDI, heureusement pas assez fort pour que ça s'entende.

Et ce soir, en quittant le collège, toujours pas d'Ulysse.

J'étais déjà dans le car de ramassage, et la conductrice parlait avec Analia, la secrétaire, sur le parking. J'ai tendu l'oreille : « Oui, grave, un accident de moto… »

Il y avait du bruit, les garçons chahutaient pour se faire remarquer, comme d'habitude. Mais j'ai soudain eu l'impression d'entendre un prénom… « Ulysse… »

Un coup de poing dans l'estomac, le souffle coupé.

Ulysse ? Il arrive toujours avant nous, au collège. Est-ce qu'il vient en moto ?

D'un seul coup je l'ai imaginé étendu par terre, baignant dans son sang. Il porte encore son casque. On ne voit pas s'il respire ou non. Les pompiers viennent d'arriver. Ulysse… c'est impossible, impossible… Je suis pétrifiée.

Interroger la conductrice ? Lui demander s'il s'agit bien du même Ulysse ? Je ne peux pas. Il y a les garçons devant. Ils vont m'entendre, tout répéter. Et je n'ai pas envie qu'on parle dans mon dos, au collège. Je trouve que c'est déjà assez pénible comme ça.

Je rentre chez moi complètement démolie.

Puis j'ai une idée. Je vais voir sur le site Internet du journal local, au cas où ils parleraient d'un accident de la route. Et effectivement, je trouve l'info : « Collision violente entre un automobiliste et un motard âgé de 23 ans, dont les jours ne sont pas en danger. » DONT LES JOURS NE SONT PAS EN DANGER.

Je me raccroche à cette phrase, désespérément. S'il s'agit bien d'Ulysse, il est vivant, et c'est le principal.

J'espérais malgré tout qu'il serait de retour ce matin. Mais non. Toujours pas. Je n'ai pas réussi à voir son frère non plus. On dirait un courant d'air. Quand je l'aperçois au loin, il disparaît avec ses copains, pfft !

Ce midi, la nouvelle de l'accident d'Ulysse s'est répandue. Il paraît qu'il va être absent un bon moment. J'aimerais tellement avoir de ses nouvelles !

Je suis retournée voir la documentaliste. J'ai insisté pour qu'elle m'aide à m'inscrire en LSF. Je lui ai dit que j'avais un an de retard, et que je devrais donc être en quatrième. Et que si j'étais en quatrième je pourrais suivre ces cours en option, sans problème.

Elle m'a demandé :

– Pourquoi tu y tiens tant que ça ? Il y a une raison ? Explique-moi.

Impossible de lui avouer la vérité. Le problème, c'est que moi, question mensonge, je ne suis pas douée. Célia, par exemple, elle est capable d'inventer, sans réfléchir, des trucs qui me clouent sur place. Et plus c'est gros, plus ça marche. Je ne sais pas comment elle fait.

Mais là, je voulais vraiment le suivre, ce cours. Alors j'ai raconté que je gardais des enfants, le samedi soir, et qu'ils étaient sourds, et que ce serait bien que je puisse communiquer avec eux.

Elle a eu l'air d'hésiter.

Alors j'ai insisté :

– Si vous voulez, mes parents peuvent faire une lettre.

En disant ça, j'ai de nouveau eu mal au ventre. Je prenais des risques en mêlant mes parents à cette histoire, mais j'étais à court de mensonges.

En fait, l'idée n'était pas si mauvaise que ça. Évidemment, je n'ai pas servi la même excuse à mes parents. Mais ils ont téléphoné à ma prof principale, qui leur a dit que mon intérêt pour la LSF « quelle qu'en soit la raison » (elle a insisté là-dessus) montrait mon désir de m'intégrer à la vie du collège, et qu'il serait dommage de ne pas y répondre, d'autant qu'elle savait qu'un élève avait déclaré forfait dès le premier cours…

Alors… c'est OUI !! Je commence demain soir !

13

On était une dizaine dans une petite salle, assis en demi-cercle. Les tables avaient été repoussées. Sur le moment, j'ai trouvé ça bizarre. Mais en fait, c'est logique : on n'apprend pas des signes en prenant des notes !

J'avais aussi imaginé que Noah et ses copains seraient là. Mais non. Je ne connaissais personne, et je n'ai pas eu le temps de me présenter.

La prof est arrivée. Elle s'est mise face à nous. Elle a fait un geste de la main, et tout le monde a répondu pareil, sauf moi. Ça avait été trop vite…

Elle a bougé la main devant moi, pour attirer mon attention. Et elle a recommencé : la main devant la bouche, les doigts bien à plat, et la main qui bascule un peu vers l'avant…

Je la regardais, les yeux écarquillés, je ne savais pas ce qu'il fallait que je fasse.

Je me suis excusée :

– Pardon, je viens d'arriver, et je ne sais pas ce qu'il…

Là, il s'est passé un truc… Elle a tapé du pied par terre. Elle a levé son index de la main droite, et l'a agité de gauche à droite plusieurs fois, rapidement. J'ai compris que c'était NON, et qu'elle était en colère. Mais non à quoi ? Je me sentais complètement perdue. Elle s'est approchée de moi et m'a touché l'épaule pour que je la regarde bien. Elle m'a montré du doigt, puis elle a bougé deux doigts devant son l'oreille comme pour me dire : « Toi, tu entends. » Ensuite, elle a tourné un doigt devant sa bouche, comme pour me dire : « Toi, tu parles. » Et après : « Non. Non. Parler, non. Ici, dans le cours, non. On ne parle pas. »

J'ai hoché la tête pour lui montrer que j'avais compris. Elle m'a fait signe de mimer ce que j'avais voulu dire, avant qu'elle ne m'interrompe. J'ai paniqué. Tous les autres élèves m'observaient. Je me suis mise à rougir, et… impossible de faire le moindre geste. J'avais envie de pleurer, de partir, de disparaître. C'était horrible. Et je ne pouvais pas parler, je ne pouvais rien dire. Jamais je ne m'étais sentie aussi… impuissante, aussi perdue. Privée de l'essentiel.

La prof s'en est aperçue. Elle m'a fait signe de me calmer, de respirer. Et puis d'attendre un peu. Et là, elle s'est mise à me mimer, moi. Qui parle, qui me fait engueuler, et puis qui a la trouille. Et… j'avoue que c'est devenu drôle, d'un coup. Parce qu'elle mimait super bien. Elle avait tout compris : ma peur, ma panique. Le fait que je ne pouvais pas parler, m'exprimer dans ma langue, que c'était comme si un monde s'effondrait. Mais elle était là, elle, pour me tendre la main. Parce que, justement, avec les mains, les regards, le visage et le corps, on peut aussi dire plein de choses. Et c'est ce qu'on allait apprendre tous ensemble.

C'était fort !

À un moment, la prof nous a tourné le dos pour prendre un mouchoir dans son sac, et ma voisine m'a glissé discrètement, malgré l'interdiction de parler entre nous :

– T'en fais pas, ça nous a fait pareil. La semaine dernière, au début, on était perdus. Mais après, ça va mieux…

Elle n'a pas terminé sa phrase, la prof s'est retournée comme si elle avait deviné qu'on était en train de se parler dans son dos.

Ensuite, elle a mimé une scène : des gens qui se rencontrent et se serrent la main ou s'embrassent… Et elle a refait le signe du début du cours. Et là, d'un seul coup, j'ai compris. Bien sûr. Ça signifiait juste : « Bonjour. » Auquel on répond logiquement par : « Bonjour. »

Elle m'a fixée du regard. Elle a refait le signe dans ma direction. Et j'ai répondu pareil : « Bonjour. »

Mon premier signe en langue des signes.

Mon premier pas sur une autre planète. À la fois très lointaine, et très proche.

Après, j'ai trouvé que tout allait un peu vite. Mais c'était captivant.

J'ai appris les signes pour dire : « entendant », « sourd », « moi », « toi », « je comprends », « je comprends + non = je ne comprends pas » (trois doigts tendus qu'on referme plusieurs fois comme une pince près de l'oreille pour « comprendre » ; associé au « non » que je savais déjà), « apprendre », « merci »...

Avec le visage, on dit des choses aussi. Par exemple, si on n'a pas compris du tout, c'est plus fort si on ajoute une grimace. La prof nous a fait rire en nous imitant, tout timides, qui n'osons pas. Elle, elle en fait des tas, de grimaces, qui sont impressionnantes. Des fois, c'est un vrai clown ! On voit qu'elle s'amuse, que c'est quelqu'un de joyeux dans la vie. Et ça m'a plu.

En sortant du cours, j'avais l'impression qu'elle avait passé son temps à nous raconter plein d'histoires drôles, tout ça sans parler !

J'aurais bien aimé discuter avec les autres élèves. J'ai juste eu le temps d'échanger deux mots avec une fille, Marion, avant de monter dans le car de ramassage. Elle semblait vraiment bien se débrouiller. Elle m'a expliqué que son père venait de perdre l'ouïe à la suite d'un accident du travail et que, dans sa famille, ils apprenaient tous à signer, pour continuer à communiquer avec lui. Je lui ai demandé si elle ne voudrait pas m'apprendre deux ou trois trucs, pour que je rattrape le cours de retard. Elle a accepté et m'a donné rendez-vous le lendemain, au self. J'ai trouvé ça génial.

14

Marion est une fille super. On a déjeuné ensemble ce midi, et elle m'a appris plein d'autres signes. J'ai essayé de lui demander tout ce dont je vais avoir besoin pour parler à Noah. Enfin, pour communiquer avec lui, plutôt.

Elle m'a appris à dire « frère », « comment ça va ? », « voiture », « moto »… Des trucs qui vont me servir tout de suite. Je l'aurais embrassée.

En cours de français, Célia m'a envoyé un mot : « C'est qui, la fille avec qui tu parlais ce midi ? »

Parfois, j'ai l'impression qu'elle est jalouse.

À la pause de 15 h 30, je me suis précipitée dans

le parc et, coup de chance, Noah était là avec un de ses copains. Je me suis approchée d'eux. J'avais répété tous les signes pendant le cours de dessin (le prof m'a même demandé pourquoi je « dessinais dans l'air » !), et je me sentais prête.

Il m'a vue arriver. Avec mes mains, je lui ai dit : « Bonjour, ça va ? »

Il m'a regardée, les yeux grands ouverts, l'air étonné. Il m'a répondu « Oui », et puis il a fait un signe que je ne connaissais pas... Peut-être « quoi ? ». Alors j'ai signé tout ce que j'avais minutieusement répété. Est-ce que ça va ?, le frère, une moto, un accident...

Il me regardait toujours, les yeux écarquillés, et il a brusquement éclaté de rire.

Noah, il n'a pas le rire de quelqu'un qui entend, c'est un peu dissonant. Mais ce que j'ai trouvé le plus bizarre, c'est qu'il se mette à rire alors que je lui parlais de son frère, de l'accident et... Son copain aussi rigolait. Ça n'avait pourtant rien de drôle !

Lorsque Noah a retrouvé son sérieux, il a signé

très lentement : « toi », « langue des signes », « apprendre », et un signe que je ne connaissais pas, comme un point d'interrogation dessiné dans l'air.

J'avais compris !! J'étais trop contente. J'ai répondu : « oui », « moi », « j'apprends ».

Il a esquissé une espèce de sourire moqueur et s'est mis à signer à toute vitesse. Je n'ai absolument rien capté, à part le signe « frère », qui est revenu au moins à deux reprises. Avec mes yeux, ma bouche, ma tête, j'essayais de lui dire que je ne pigeais plus rien, qu'il allait trop vite. Il a ri de nouveau. Il se fichait de moi, c'était clair. Je me sentais mal. Il l'a vu tout de suite.

Ça, maintenant, je le sais, je l'ai appris en cours de LSF. Aux sourds, on ne peut rien cacher. Ils savent lire sur le visage des gens, ils voient tout, même ce qu'on veut dissimuler. Et avec Noah, c'est pareil. Il m'a prise par le bras et il m'a fait un peu les mêmes signes que la prof, du genre : « Calme-toi, ça va, je me moquais de toi, mais ça va. »

J'avais envie de laisser tomber la LSF et de lui parler comme à tout le monde. En même temps, je me disais que je réagissais comme une idiote : ce n'était pas un jeu. Noah, il n'entendait pas et, contrairement à certains, il ne parlait pas non plus. Et il était sourd, sourd, sourd…

La cloche a sonné et la lumière blanche a clignoté. Il me l'a montrée du doigt, avant de partir rejoindre sa classe en me laissant plantée là, complètement désorientée.

En cours d'anglais, j'ai pensé à ça : aux langues. Comment passer d'une langue à l'autre, comment les apprendre. Finalement, avec l'anglais, c'est facile. On peut lire, écrire, mémoriser comme n'importe quelle autre matière. J'ai écouté un peu plus attentivement le cours. Qu'est-ce que je pourrais retenir si je ne prenais pas de note ? La prof a cru que je rêvassais et m'a posé une question. À laquelle j'ai parfaitement bien répondu. Elle a eu l'air étonnée. Mais il a fallu qu'elle ajoute quelque chose du genre : « Tiens, Nine est attentive, aujourd'hui, c'est bien la première fois… »

Ça m'a un peu cassé le moral.

En rentrant à la maison, j'ai repris mon livre de LSF (que je n'ai toujours pas ramené au CDI). C'était plus simple de retrouver les signes que je connaissais déjà. J'ai repensé à Noah. À sa façon de se moquer de moi. J'aimerais tellement avoir des nouvelles d'Ulysse. Savoir ce qui s'est passé, savoir s'il va bien… S'il est encore à l'hôpital. J'ai pensé à lui toute la nuit.

15

Toujours pas d'Ulysse au collège du Pique-Prune. Ça fait déjà trois semaines, maintenant. Mais il s'est passé quelque chose ce matin… Je descendais du car, quasiment pliée en deux tellement j'avais mal au ventre. Et là, j'ai vu Noah s'avancer vers moi. J'ai pensé que ce n'était vraiment pas le jour. Il avait le sourire aux lèvres et m'a dit, en LSF : « Bonjour, ça va ? »

Il y avait du monde autour de nous. J'ai signé : « Non, ça va pas, non. »

Et j'ai commencé à paniquer parce que je ne savais pas dire malade, ni mal au ventre, ni rien du tout. Et tous ces élèves qui nous observaient, intrigués…

Il a insisté : « Pourquoi ça va pas ? Qu'est-ce qui se passe ? » Je lui ai jeté un regard désespéré. Je ne savais pas… J'ai cherché la manière de lui expliquer. J'ai essayé : « Je n'aime pas le collège. » Et j'ai accompagné mes signes d'une horrible grimace triste. Je n'ai pas eu besoin de me forcer. Je crois qu'elle était déjà gravée sur mon visage.

Noah a soudain pris un air sérieux. Son espèce de sourire moqueur a disparu, et il m'a semblé que tout s'arrêtait autour de nous. Je n'entendais plus de bruit, plus rien. Je l'ai trouvé très beau, à ce moment-là.

Il a refait les mêmes signes, en me désignant. « Toi, tu n'aimes pas le collège. C'est ça ? » J'ai signé : « Oui, c'est ça. » Il a paru réfléchir un peu. Et puis il a signé à son tour, très lentement : « Moi, toi, on est pareils [les deux index tendus qui se touchent sur le côté]. Moi, je n'aime pas le collège non plus. » Ensuite il a désigné son ventre, et a fait la grimace. Comme s'il essayait de me dire que, lui aussi, ça lui faisait mal au ventre.

On n'a pas pu continuer. La cloche a sonné. J'allais partir quand Noah m'a rattrapée par le bras. Un sourd, il ne peut pas te rappeler, il faut qu'il te touche pour qu'on sache qu'il veut te dire quelque chose. Il a commencé à mimer une scène à toute vitesse : « manger », puis un signe du style : « après ».

J'ai dit : « Oui. »

Il me donnait rendez-vous après le repas de midi… Mais je n'ai pas compris où.

Noah m'attendait à la sortie du self. Il était seul, pour une fois. Ça m'a fait drôle. J'ai essayé de signer : « Pardon, je ne sais pas signer, j'apprends. » Il m'a répondu : « Oui, je sais. C'est difficile. »

Il s'est accroupi et a sorti quelque chose de son sac. C'était une photo… Une superbe photo d'Ulysse. J'ai regardé Noah, très étonnée. Je lui ai mimé : « C'est toi qui l'as prise ? » Il a dit oui.

« Elle est belle. » Il s'est mis à rire et, enfin, il a fait ce que j'attendais depuis des jours : il m'a tout expliqué…

Effectivement, Ulysse fait de la moto. Il a été heurté par une voiture, pas très loin du collège. L'accident a été violent, mais il a juste une jambe cassée, c'est tout. Rien d'autre. La tête, les bras, les mains, ça va.

J'aurais aimé en savoir plus, mais comment poser des questions quand on n'a pas les mots ou les signes pour ? Après, ses copains sont arrivés. Ils m'ont dit bonjour, en signant. Ils étaient avec Marion, et Noah s'est mis à signer avec elle.

Puis Marion s'est tournée vers moi et nous a servi d'interprète. Elle m'a dit :

– Noah s'excuse de s'être moqué de toi l'autre jour, quand tu lui as demandé des nouvelles de son frère.

J'ai sursauté :

– Ah, parce qu'il avait compris ?

– Oui, bien sûr, mais ta phrase était complètement de travers, alors ça l'a fait marrer.

Je t'expliquerai, et on va l'apprendre en cours : on ne construit pas ses phrases en langue des signes de la même manière qu'en français. C'est un peu bizarre au début. Après on s'habitue, tu verras. C'est une autre logique.

Pendant ce temps, Noah avait sorti de sa poche une tablette de chocolat et commencé à en distribuer des morceaux. J'ai demandé comment on signait « chocolat ». Marion a ri :

– T'as raison, Nine, c'est essentiel de savoir dire chocolat en LSF. Vital, même ! Regarde, on fait comme ça.

J'ai voulu montrer que c'était bon, et j'ai essayé à mon tour de faire une phrase complète, du genre : « Moi, j'aime le chocolat. »

Et là, tous les garçons ont instantanément pouffé de rire, Noah encore plus fort que les autres. Marion était aussi surprise que moi et a haussé les épaules.

Noah a refait le signe « chocolat », puis le signe que j'avais fait, moi. Presque le même. Presque…

J'ai compris que je m'étais trompée, que j'avais signé autre chose que « chocolat ». J'ai demandé qu'ils m'expliquent. Noah a alors mimé une fille qui se déshabille. Les autres rigolaient de plus en plus.

« À poil. Ça veut dire : à poil. » Tu as signé : « Moi, j'aime être toute nue. Voilà. »

J'ai rougi jusqu'à la racine des cheveux. Je ne trouvais pas ça très drôle. Marion, si. Alors j'ai fini par rire à mon tour. Plus tard, elle m'a raconté qu'un jour elle avait confondu le signe « prendre le métro » et « accoucher »…

La LSF, c'est comme toutes les langues. Quand on apprend, on peut se planter et dire des choses énormes sans s'en apercevoir. Alors il vaut mieux en rire.

Puis Noah a commencé à raconter une histoire à ses copains, en signant à toute vitesse. Je ne saisissais plus rien, mais j'étais fascinée.

Quand je suis arrivée en cours de français, je ne pensais plus qu'à ça : à la beauté de ses mains qui dansaient dans l'air, à tous ces signes que je ne connais pas encore… À la joie qui se lit sur le visage de Noah quand il signe… Et à Ulysse, dont j'avais enfin des nouvelles.

16

Ce midi, j'ai retrouvé Marion et Noah au self. J'apprends vite, avec eux. Et Noah, il est… je ne sais pas. Différent de ce que j'imaginais au départ. De l'extérieur, on a l'impression d'un garçon un peu fuyant. Mais c'est une façade. Parce qu'en fait, il est vraiment sympa. Et avec ses copains, ils sont super drôles. J'ai appris qu'il y avait aussi trois ou quatre filles sourdes, au collège, mais je crois qu'elles préfèrent rester entre elles. Peut-être pour dire du mal des garçons !

La seule qui ne semble pas se réjouir de tout ça, c'est Célia. Elle me fait la gueule depuis des semaines. Elle me dit que je l'ai laissée tomber, que je ne m'intéresse plus à elle. C'est pas vraiment ça, mais… Je trouve que nos conversations, à toutes les deux, elles sont un peu creuses. Je me rends compte qu'on parle beaucoup, mais souvent pour ne rien dire d'important.

Avec Noah, vu le peu de signes que je connais, ça a du sens. On ne peut pas en faire des tonnes. Quand je lui ai dit que je n'aimais pas le collège, l'autre jour, j'ai eu l'impression qu'il comprenait. Qu'il comprenait *vraiment*. Comme Ulysse, avant lui. Pas un truc superficiel, du genre : « Oui, oui, c'est ça, mais on s'en fout. »

À propos d'Ulysse, il devrait revenir dans deux ou trois semaines. Avant, je crois que j'en serais tombée malade, de ne plus le voir. Maintenant… c'est plus pareil. Je vois son frère tous les jours. Il me parle de lui. Enfin, quand je dis qu'il me parle… il signe. Je comprends un peu mieux qu'avant, mais je loupe encore des tas de choses. Parfois, ça m'énerve. Je voudrais tellement en savoir plus ! Je n'arrête pas de demander à Noah de répéter. À tel point que ses copains ont fini par me donner un surnom, en rapport avec ça.

Marion m'a dit :

– Chez les sourds, quand on te donne un surnom, ça veut dire que t'es acceptée.

Après, elle m'a expliqué :

– En langue des signes, on peut donner son prénom en l'épelant. Il y a un alphabet, comme dans n'importe quelle autre langue. Un signe pour la lettre A, un pour la lettre B, etc. Mais pour aller plus vite, tous les sourds se donnent un surnom. C'est quelque chose qui se rapporte au physique, ou au caractère…

Pour moi, ils ont trouvé : « Celle qui fait répéter tout le temps avec le sourire » (l'index droit qui dessine une espèce de boucle sur le dessus de la main gauche, et qui montre ensuite le coin de la bouche en souriant).

J'ai accepté… avec le sourire. Je les adore, tous. Noah, par exemple, il a tellement d'humour… J'adore quand il raconte des histoires. Pour moi, il mime. Pour les autres, il signe. De cette manière, je ne suis pas trop perdue. Et dès qu'on a un peu de temps, il me montre les photos qu'il fait. Je suis impressionnée. Elles sont vraiment très belles. Et puis je découvre des choses… Par exemple, Noah affirme qu'il n'est pas handicapé. Il dit qu'il n'est pas comme les autres, c'est tout. Marion m'a expliqué que beaucoup de sourds refusent de considérer leur surdité comme un handicap. Ils ont une langue, une culture, ils se sentent juste différents, voilà.

Moi, ça m'a posé plein de questions.

Et je ne suis pas au bout de mes surprises ! Par exemple, le mois prochain, on va aller voir un spectacle monté et joué entièrement par des sourds, avec Emmanuelle Laborit. Elle, je l'ai déjà vue à la télévision, mais je ne savais pas qu'elle était actrice. Je la trouve très belle.

– Et il y aura de la musique, m'a expliqué Marion.

– De la musique ? Mais ils sont sourds ! Je lui ai dit.

– Oui, ils sont sourds… Tu connais l'émission

de télé *L'Œil et la main* ? C'est sur la 5. Tu devrais la regarder. C'est sur la culture sourde, sur la vie des sourds. La dernière fois, ils ont parlé de musique, justement. Les sourds ne l'entendent pas, mais ils sentent les vibrations, et sûrement bien mieux que nous. Alors ils peuvent danser, eux aussi. Tu verras ! Tu vas être scotchée.

17

Après les vacances de Pâques, et pour me féliciter de l'amélioration flagrante de mes résultats scolaires, mon père m'a offert deux places de cinéma pour ce week-end. La première chose à laquelle j'ai pensé, c'est de proposer à Noah de venir avec moi. Après, je me suis dit que c'était stupide, puisqu'il n'entendait pas. Finalement, j'y suis allée avec Célia, et ça lui a fait plaisir qu'on passe du temps ensemble.

Après, j'en ai parlé à Marion. Elle m'a dit :

– Bien sûr que les sourds vont au ciné ! Il suffit de choisir un film sous-titré, et tu peux inviter

Noah… Enfin… Il faut d'abord qu'il accepte ton invitation ! Mais ça…

Elle a assorti sa phrase d'un petit clin d'œil.

Parfois, j'ai l'impression que Marion me pousse vers Noah.

Bon, en fait, des fois, je me demande si ce n'est pas moi qui me pousse toute seule vers lui. Ou lui vers moi. Parce que, ce midi, il m'a fait une de ces surprises…

On venait de terminer de déjeuner quand il m'a fait signe de le suivre.

On a traversé le parc ensemble. Tout le monde nous regardait. Ça doit parler dans notre dos, mais je m'en fiche. On est arrivés devant les grilles du collège, et j'ai d'abord pensé que Noah voulait qu'on sèche les cours. Ça m'a un peu contrariée. Je n'ai pas trop envie d'avoir de problèmes en ce moment, alors que ma vie au collège commence à s'arranger.

Mais lorsque j'ai vu qui nous attendait de l'autre côté des grilles, j'ai poussé un cri :

– Ulysse !

En voyant ma surprise, Noah s'est mis à rire.

Sur le moment, j'étais tellement émue, et heureuse, que je ne me suis pas posé de question. C'est venu après. Mais là, j'étais trop contente. Ulysse avec le sourire, lui aussi, des béquilles et sa jambe dans le plâtre. J'ai perdu ma timidité. Après tout, avec lui, j'ai tous les mots qu'il me faut pour parler. Ce n'est pas comme avec son frère.

Je lui ai demandé comment il allait, s'il ne souffrait pas trop, quand est-ce qu'il pensait revenir au collège, et qu'est-ce qu'il faisait là…

Il a posé ses béquilles et s'est appuyé contre les grilles afin de garder son équilibre et de pouvoir signer avec son frère.

C'est un truc compliqué, quand on signe : on ne peut rien faire d'autre avec ses mains. Par exemple : manger et signer en même temps, impossible. Soit on mange, soit on discute. C'est pour ça qu'au self Noah et ses copains mangent les premiers, pour pouvoir aller signer tranquille après.

Ulysse m'a appris que Noah était étonné de la vitesse à laquelle je progressais en LSF. J'ai rougi du compliment. Mon cœur battait fort, mais pas de la même manière qu'avant, quand je rêvais tout le temps d'Ulysse. Là, je ne sais pas comment dire… ça ressemblait à une conversation normale. C'était à la fois bizarre et très excitant.

Noah m'a fait signe qu'il partait et Ulysse m'a lancé, très vite :

– Je ne sais pas ce que tu lui as fait, à mon frère. C'est la première fois que je le vois s'intéresser à quelqu'un qui n'est pas sourd, et c'est vraiment bien pour lui. Et pour toi aussi, non ?

J'ai acquiescé, d'un signe de la tête. D'un seul coup, j'avais envie de lui dire plein de choses, à Ulysse, mais je n'ai pas eu le temps, pas trouvé les mots. Noah s'est retourné. Il m'attendait. Je l'ai rejoint. J'étais troublée.

Noah marchait à côté de moi. Il souriait, les yeux rivés sur la pelouse. Et là, en retraversant le parc, j'ai compris… J'ai compris qu'il savait depuis le départ que tout ce que j'avais fait, tous les efforts pour apprendre la LSF, pour entrer en communication avec lui, c'était juste pour me rapprocher d'Ulysse.

J'ai eu honte. C'était pas honnête de ma part. Et lui, au lieu de m'envoyer balader, il venait d'organiser une rencontre avec son frère, rien que pour me faire plaisir.

Vraiment, je me suis sentie étouffée par la honte.

Je me suis arrêtée, j'ai touché le bras de Noah pour qu'il me regarde. J'ai essayé de lui dire, de signer. J'ai commencé : « Ton frère à toi… je… »

Mais je ne savais pas comment continuer.

Noah me fixait. Il ne souriait plus. Il avait même l'air un peu triste. Il m'a signé quelque chose comme : « Oui, je sais. Tout le monde le sait, dans ce collège, que t'es amoureuse de mon frère. »

J'ai essayé de lui dire que non… Mais à Noah, on ne peut pas mentir. Je me sentais mal. Il m'a demandé de le regarder, attentivement. Il m'a fait comprendre que ça n'était pas grave. Mais qu'Ulysse, il vivait déjà avec une fille. Et qu'entre Ulysse et moi, il ne pourrait pas y avoir d'histoire d'amour. Jamais. Et que j'étais bien trop jeune pour lui, de toute façon.

Voilà, dans la même journée, un plaisir immense, et une grande claque.

J'ai eu envie de pleurer. Noah a passé son bras autour de mes épaules. En temps normal, je déteste qu'on me fasse ça. On s'est arrêtés. Il s'est écarté, il m'a signé : « Ulysse ne peut pas être ton amoureux, non. Mais tu peux être amie avec lui. »

Amour, amitié. Ce sont deux signes tellement importants…

Et pour être sûr que je ne saisisse pas de travers, Noah a insisté en signant : « De l'amour, non. Mais de l'amitié, oui. »

Il m'a montré du doigt, puis s'est désigné. Et il a refait le signe « amitié » (les deux mains l'une dans l'autre, comme deux mains qui se serrent).

Lui et moi… Noah et moi… Amis.

Je ne sais pas ce qui m'a traversé l'esprit. J'ai brusquement attrapé Noah par le cou et je l'ai embrassé sur la joue.

Pile au moment où Romane passait à côté de nous.

Je me suis dit que, cette fois, j'avais gagné le gros lot dans le monde du commérage.

18

Évidemment, ça n'a pas manqué. Célia la première est venue me demander si j'étais devenue folle. Sa réaction m'a à moitié étonnée, mais elle m'a fait de la peine. Folle, pourquoi ? Parce que j'avais embrassé un beau garçon sur la joue ? Ou parce que ce garçon était sourd ?

Elle m'a dit des choses que je n'aurais pas voulu entendre. Au collège, Noah n'a pas très bonne réputation. L'année dernière, le bruit a couru qu'il avait craché sur une fille, on ne sait pas pourquoi.

– Je sais pas ce que tu lui trouves, a conclu Célia. À part d'être le frère d'Ulysse, qu'est-ce qu'il peut avoir d'intéressant ? Et qu'est-ce que vous pouvez bien vous dire ? C'est pas en agitant les mains qu'on peut se comprendre.

Je lui ai dit qu'elle se trompait carrément. Je lui ai parlé des cours de LSF, et j'ai bien vu qu'elle s'en fichait. C'est dommage… Il y a un monde entre elle et moi, maintenant. J'étais déçue.

J'ai repensé à la phrase d'Ulysse : « Je ne sais pas ce que tu lui as fait, à mon frère… »

J'ai réfléchi… Je ne lui ai rien fait. Mais je me souviens de notre première « conversation ». Quand je lui ai dit que je détestais le collège. Il m'avait répondu que lui aussi. C'était peut-être ça. Mais comment savoir ?

Parfois, j'aimerais que Noah puisse m'entendre, j'aimerais qu'on se parle, lui et moi, sans avoir besoin de chercher les signes. Des fois, j'ai envie de tout laisser tomber, parce que ça ne va pas assez vite et ça me décourage. Et puis je vois Noah qui m'attend en souriant dans la cour, et qui me fait de grands gestes pour que je vienne le rejoindre…

Un jour, il m'a demandé si j'avais toujours mal au ventre à cause du collège. Je lui ai dit que oui, mais moins qu'avant. Et lui, il m'a répondu que pour lui c'était pareil. On n'a rien ajouté, parce qu'il n'y avait rien à ajouter. Il y était pour quelque chose, et j'y étais pour quelque chose. Au collège, quand on se voit, c'est comme une bulle d'air. On s'évade, on oublie tout le reste. On est bien ensemble.

Depuis, Ulysse a repris son travail. Mais avec lui, tout a complètement changé.

C'est un peu le monde à l'envers : maintenant, je vais le voir pour lui parler de Noah. De tout ce que j'apprends, de cette langue que je découvre. Des questions que je me pose sur la surdité. Un jour, je lui ai demandé pourquoi Noah n'aimait pas le collège. Il avait pourtant l'air de bien s'amuser avec ses copains !

– Nine… ça, c'est pendant les pauses ! Tu sais, mon frère a du mal à suivre les cours dès qu'il faut prendre un stylo et du papier. Ça l'angoisse, même. Comme toi le bruit. Lui, c'est le papier qui l'étouffe.

– Il fait de super photos, pourtant…

– Oui, tu as remarqué ! Il est très doué. Mais ce n'est pas une matière enseignée au collège. Au début, tout ça le rendait très agressif. Ça va mieux, maintenant. Et toi aussi, on dirait… Noah n'arrête pas de me parler de toi, et de me dire que tu fais des progrès fulgurants en LSF. Tu sais que, moi, je vais bientôt devenir interprète ?

– Interprète… en langue des signes ?

– Oui ! Je termine l'année prochaine. J'ai appris à signer avec mon frère quand il était tout petit. On pourrait presque dire qu'on a appris ensemble, et j'ai tout de suite adoré ça. Après le bac, j'ai fait des études de langues, et l'année dernière j'ai commencé une formation spécifique pour devenir interprète en LSF. Je me dis que je suis bien placé pour servir de lien entre ceux qui entendent et ceux qui n'entendent pas. Ce sont deux mondes tellement différents ! Et je crois qu'on a beaucoup à apprendre les uns des autres...

Ça m'a impressionnée, ce qu'il disait.

On a discuté un bon moment. C'est bizarre, mais je ne suis plus amoureuse d'Ulysse. On se parle comme des copains. Quand j'y repense, je me dis que c'était idiot, tout ce cinéma que je me suis fait avec lui. Maintenant, j'ai tourné la page, et j'y ai gagné sur toute la ligne.

En fin d'après-midi, pendant le cours le français, la prof a remis notre avenir sur le tapis. Il y avait longtemps ! J'ai eu beau essayer de me planquer derrière mon cahier pour ne pas qu'elle me voie, ça n'a pas manqué :

– Et toi, Nine ? Toujours pas d'idée sur ce que tu veux faire plus tard ?

Je ne sais pas ce qui m'a pris. J'ai repensé à ma conversation avec Ulysse, quelques heures plus tôt, et j'ai répondu :

– Mais si, madame, je sais. Je veux devenir interprète.

Romane n'a pas pu s'empêcher de pouffer, en murmurant un truc genre : « Vu ton niveau en anglais… »

J'ai secoué la tête et j'ai dit assez fort, en articulant :

– Je ne veux pas être interprète d'anglais. Je veux être interprète en LSF. Vous savez tous qu'il y a des sourds, dans notre école. Des filles et des garçons de notre âge. Ils ont une langue propre qui leur permet de communiquer entre eux. C'est cette langue-là qui m'intéresse, et c'est ça que je veux faire plus tard.

Il y a eu une espèce de silence bizarre. Tout le monde attendait que j'ajoute quelque chose, mais je me suis tue.

La prof n'a pas laissé le silence s'étendre. Elle a répondu :

– Ça, c'est une idée originale… Pourquoi ne ferais-tu pas un exposé sur la langue des signes ? Je suis sûre que ça intéresserait beaucoup tes camarades. Je vous rappelle que, effectivement, le collège du Pique-Prune est un établissement pilote dans ce domaine… Pour dans quinze jours, c'est possible ?

J'ai donné mon accord, avec la sensation de m'être fait légèrement piéger.

Puis j'ai eu une super idée.

J'allais le faire, bien sûr, et avec une surprise, en plus.

19

J'étais vraiment contente de mon idée, mais quand j'ai demandé à Noah de venir dans notre classe, dans le cadre de mon exposé, pour qu'il signe devant les autres élèves, il a dit non. Catégoriquement : NON.

Il m'a dit qu'il n'était pas un singe dans un zoo. Point final.

Et il s'est fermé comme une huître.

Je me suis énervée. Je me suis mise à parler, d'un seul coup, devant Noah. Parler avec mes mots à moi, avec ma voix en colère, en lui disant tout ce que j'avais sur le cœur depuis des semaines, des mois.

Je savais bien qu'il ne pouvait pas entendre ce que je lui disais, mais il fallait que ça sorte. Je lui ai dit que j'avais envie de parler avec lui, et que c'était difficile parce que j'étais sans arrêt empêchée, parce que je ne savais pas les signes, que j'avais beau apprendre vite, il m'en manquait tout le temps, que c'était difficile et que, lui, il ne faisait pas d'effort pour moi, qu'il ne voulait pas écrire, par exemple, même pas un mot pour m'aider. Que la communication, ça se faisait à deux. Que si je faisais des efforts, lui aussi devait en faire, et que j'en avais marre, marre, marre…

Au début, il m'a regardée en rigolant. Du genre : « Je ne sais pas ce que tu dis, je vois juste que t'es en colère parce que je t'ai dit non, mais je m'en fous. »

Puis j'ai vu son sourire s'assombrir, et s'éteindre. Il ne me quittait pas des yeux, debout, sans bouger.

À un moment, je me suis arrêtée, j'ai pensé que j'étais vraiment allée trop loin.

Que c'était dégueulasse de lui parler alors qu'il ne pouvait pas m'entendre. Que ça n'était quand même pas de sa faute s'il était sourd.

J'ai commencé à pleurer, sans transition. Il a tendu une main vers moi, et il a eu un geste… Une espèce de caresse sur mon bras. Ça m'a étonnée.

J'ai signé : « Pardon, pardon. »

Il a secoué la tête et il a signé à son tour, lentement : « Je lis un peu sur les lèvres. J'ai compris des choses. Tu as raison. Je dois faire des efforts aussi, parce que tu en fais beaucoup. Je te remercie. Tu es… mon amie. Tu es ma première amie entendante, je ne veux pas que tu sois triste, je ne veux pas que tu pleures à cause de moi. »

Puis il m'a serrée contre lui, très fort.

Je tremblais comme une feuille, mais j'ai trouvé ça très doux.

C'est vrai, parfois c'est compliqué, avec Noah. Et si on ne se voit pas, on ne peut plus communiquer du tout. Je ne peux pas lui téléphoner et je ne suis pas sûre qu'il lise les textos. De toute façon, il m'a dit qu'il détestait lire. Enfin, plutôt, qu'il ne savait pas bien lire, et que ça le gavait. Je lui ai dit que c'était important, de savoir lire et écrire. Il a haussé les épaules. Pour quoi faire ? Je lui ai répondu :

– Eh bien, pour pouvoir communiquer plus facilement avec moi, par exemple.

Ça a eu l'air de le faire réfléchir.

En même temps, c'était idiot de ma part de lui dire ça, puisque je n'ai pas de téléphone portable et que mes parents ne veulent pas m'en acheter un…

Sauf si…

Ma mère a vu la première que quelque chose avait changé dans ma vie. Que j'avais plus d'appétit le matin, par exemple. Elle l'a fait remarquer à mon père.

Un soir, je me suis décidée à leur parler de Noah, et pas uniquement pour leur demander de m'acheter un téléphone. Je voulais vraiment qu'il vienne à la maison, j'avais envie de le leur présenter, même si je ne savais pas trop comment m'y prendre. J'ai pensé que ça allait être un peu raide si je leur disais que j'avais un copain noir et sourd. Bon, noir, c'est pas un problème parce que mes parents ne sont pas racistes du tout. Mais sourd… Je ne savais pas comment ils allaient réagir.

J'ai essayé d'amener les choses petit à petit. Je leur ai raconté les cours de LSF, la pratique de la langue avec d'autres élèves, et avec un garçon qui s'appelle Noah, et…

Mais j'ai subitement rougi lorsque j'ai dit : « avec un garçon qui s'appelle Noah, et… »

Et j'ai laissé ma phrase en suspens.

Du coup, mes parents ont tout interprété de travers. Ils ont pensé que Noah était mon petit ami. Je leur ai dit :

– Non, non, c'est pas ça, c'est juste un copain.

Et j'ai ajouté d'une traite :

– Il est juste noir et sourd.

Mes parents ont cru à une boutade et se sont

mis à rire. Puis ma mère a froncé les sourcils et m'a dit :

– Attends, t'es sérieuse ?

J'ai répondu oui.

Mon père a ajouté :

– Bon… Alors tu nous le présentes quand, ce… « copain » ?

20

Je craignais que Noah refuse de venir à la maison et de rencontrer mes parents. Depuis notre engueulade au sujet de mon exposé, je sais qu'avec lui les choses simples sont parfois compliquées.

Alors je lui ai juste proposé de venir chez moi parce que mon père collectionnait les livres de photos et qu'on pourrait les feuilleter ensemble. Noah a accepté tout de suite.

Quand il a sonné, c'est ma mère qui lui a ouvert la porte, mais je me tenais derrière elle. J'ai signé : « Bonjour, ça va ? » Et j'ai fait les présentations : « C'est ma mère. » Puis :

– Maman, c'est Noah. Il est sourd, mais il lit un peu sur les lèvres.

Ma mère a été super sympa : elle avait retenu le signe pour dire « bonjour », et je crois que Noah y a été sensible. Alors voilà, c'était pas si compliqué, finalement.

Ensuite, on est partis tous les deux dans ma chambre. On n'avait plus très envie de regarder les livres de photos. C'était la première fois qu'on se retrouvait, tous les deux, chez moi. Il y a eu quelques secondes un peu bizarres. Noah a balayé la pièce du regard. J'aime bien quand il fait ça. On dirait un rayon laser. Il enregistre tout, visuellement, c'est incroyable. En quelques secondes, il voit tous les détails, des choses que personne n'a jamais vues avant lui. Par exemple, il m'a tout de suite montré qu'un des tréteaux sur lequel est placée la planche qui me sert de bureau était très légèrement décalé. Et que le plateau risquait de basculer un jour ou l'autre.

Et puis on est restés un bon moment sans bouger, debout, face à face.

Et puis on s'est embrassés.

C'était le premier garçon que j'embrassais. Alors… voilà.

Après, il a signé : « Toi, moi… Ça va être difficile ? »

C'était une question.

J'ai secoué la tête, et j'ai signé à mon tour : « Non. Pas difficile, mais… »

« Différent ? »

« Oui. Différent. »

« Je suis sourd… »

« Oui, mais je suis entendante, moi ! »

On a commencé à rire, tous les deux. C'est un jeu qu'on fait parfois. Le jeu du « oui, mais ». Il s'est remis à signer.

« Je suis sourd… Mais je te comprends très bien. »

« Et moi, au début, tu signais et je ne comprenais rien du tout ! »

« Toi, tu avais mal au ventre parce que tu n'aimais pas le collège. »

« Oui, et tu étais pareil. »

« Toi, c'est parce que tu n'aimes pas le bruit. »

« Et toi, tu t'en fiches, parce que le bruit, tu ne l'entends pas. »

On est restés un moment immobile, en se souriant.

« Tu es ma première amie entendante. »

« Et toi mon premier… »

J'ai buté sur le signe « petit ami ». Amoureux, je savais, mais… j'ai hésité. Les signes, je trouve qu'ils en disent parfois plus long que les mots. Ils sont plus forts. Il faut les manier avec précaution… J'ai eu peur de dire une bêtise.

Noah me regardait, du sourire jusqu'au fond de ses yeux noirs.

On s'est serrés fort l'un contre l'autre. Il m'a embrassée à nouveau.

Puis il s'est écarté un peu pour qu'on puisse continuer à communiquer.

Il a signé, lentement. Je voyais qu'il était ému.

« Tu es mon amie. Je n'entendrai jamais ta voix, mais… »

« Mais ? »

« Mais je sens ton cœur qui bat. »

Alors j'ai pointé un doigt vers lui. Puis j'ai posé ma main bien à plat sur mon thorax, et je l'ai fait glisser vers le haut, je l'ai retournée et je l'ai tendue vers lui, paume vers le ciel, comme un cadeau.

Ce signe-là… il veut juste dire : « Je t'aime. »

POUR EN SAVOIR PLUS
SUR LA LANGUE DES SIGNES

Sur Internet :

Wikipédia

http://fr.wikipedia.org/wiki/Langue_des_signes_française

International Visual Theatre

http://www.ivt.fr

À la télévision ou sur Internet :

L'Œil et la main (émission de télévision hebdomadaire, sur France 5)

http://www.france5.fr/emissions/l-oeil-et-la-main

À lire :

Emmanuelle Laborit, *Le Cri de la mouette*, Pocket jeunesse.

REMERCIEMENTS

À Cécile Moulain, et à ceux et celles qui, partout, lancent des ponts d'écume pour passer d'une rive à l'autre.

TABLE DES MATIÈRES

Cathy Ytak

Je suis née en région parisienne. Adolescente, je n'aimais pas le collège… Mais j'aimais déjà beaucoup écrire. Je n'ai jamais arrêté. Après avoir obtenu un CAP de reliure manuelle, j'ai commencé à travailler. J'avais tout juste dix-huit ans. Pendant sept ans, j'ai été vendeuse dans un magasin de photo. Puis j'ai fait du journalisme, d'abord dans des radios libres, puis dans la presse écrite. J'ai ensuite repris des études pour apprendre le catalan. Je suis devenue traductrice de cette langue. Un jour, j'ai osé envoyer le manuscrit d'un de mes romans à un éditeur, et il a été publié. C'était en 1999.

Depuis, je n'ai pas cessé d'écrire des romans pour les adolescents, les adultes, les enfants. Des livres de cuisine, aussi. Je voyage beaucoup pour parler de mes livres. Mais aujourd'hui, c'est près de la mer, en Bretagne, que je les écris.

Parus également aux éditions Nathan, sous la direction d'Elisabeth Brami :

Joëlle Ecormier
Enzo, 11 ans, sixième 11
Prix jeunes lecteurs 2014 ; Cultura – La Jeunesse a du talent
Prix Beaugency 2014
Prix Paille-en-queue 2014
Prix du conseil municipal des enfants de Châteauroux 2015
Prix Escapages 2015

Alain Korkos
Une enquête signée Betty

Anne Mulpas
Le big big boss

Lorris Murail
Lundi, couscous

Jean-Paul Nozière
Mon Américain

Marianne Rubinstein
La sixième, Dinah et moi

MIXTE
Papier issu de
sources responsables
FSC® C022030

N° d'éditeur : 10222043
Achevé d'imprimer en décembre 2015
par Jouve (53100 Mayenne, France)
N° d'impression : 2294070A